活在珍贵的人间

海子诗集

海子 著

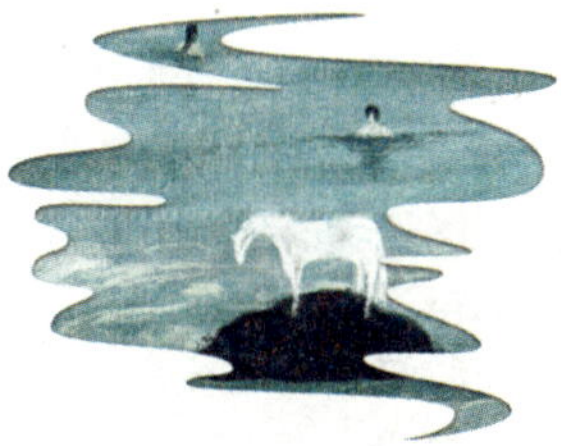

青岛出版社
QINGDAO PUBLISHING HOUSE

图书在版编目（CIP）数据

活在珍贵的人间：海子诗集/海子著. 一 青岛：青岛出版社，2020.10

ISBN 978-7-5552-9577-8

Ⅰ.①活… Ⅱ.①海… Ⅲ.①诗集一中国一当代 Ⅳ.①I227

中国版本图书馆CIP数据核字（2020）第179122号

书　　名	活在珍贵的人间：海子诗集
著　　者	海　子
出版发行	青岛出版社
社　　址	青岛市海尔路182号（266061）
本社网址	http://www.qdpub.com
邮购电话	18613853563　0532-68068091
出版统筹	贺　林
责任编辑	李文峰
特约编辑	郑丽丽　宝司群
装帧设计	蒋　晴
照　　排	王　丹
印　　刷	德富泰（唐山）印务有限公司
出版日期	2020年10月第2版　2020年10月第2次印刷
开　　本	32开（880mm×1230mm）
印　　张	7.5
字　　数	150千
书　　号	ISBN 978-7-5552-9577-8
定　　价	35.00元

编校印装质量、盗版监督服务电话　4006532017　0532-68068638

建议陈列类别：畅销·文学经典

目录

亚洲铜

亚洲铜，亚洲铜
祖父死在这里，父亲死在这里，我也将死在这里
你是唯一的一块埋人的地方

亚洲铜，亚洲铜
爱怀疑和飞翔的是鸟，淹没一切的是海水
你的主人却是青草，住在自己细小的腰上，守住野花的手掌和秘密

亚洲铜，亚洲铜
看见了吗？那两只白鸽子，它是屈原遗落在沙滩上的白鞋子
让我们——我们和河流一起，穿上它吧

亚洲铜，亚洲铜
击鼓之后，我们把在黑暗中跳舞的心脏叫做月亮
这月亮主要由你构成

阿尔的太阳[①]

——给我的瘦哥哥

“一切我所向着的自然创作的，是栗子，从火中取出来的。啊，那不信仰太阳的人是背弃了神的人。”[②]

到南方去
到南方去
你的血液里没有情人和春天
没有月亮
面包甚至都不够
朋友更少
只有一群苦痛的孩子，吞噬着一切
瘦哥哥凡·高，凡·高啊

① 阿尔系法国南部一小镇，凡·高在此创作了七八十幅画，这是他的黄金时期。——海子自注。

② 摘自凡·高致其弟提奥的书信。

从地下强劲喷出的
火山一样不计后果的
是丝杉和麦田
还是你自己
喷出多余的活命的时间
其实，你的一只眼睛就可以照亮世界
但你还要使用第三只眼，阿尔的太阳
把星空烧成粗糙的河流
把土地烧得旋转
举起黄色的痉挛的手，向日葵
邀请一切火中取栗的人
不要再画基督的橄榄园
要画就画橄榄收获
画强暴的一团火
代替天上的老爷子
洗净生命
红头发的哥哥，喝完苦艾酒
你就开始点这把火吧
烧吧

我，以及其他的证人

故乡的星和羊群
像一支支白色美丽的流水
跑过
小鹿跑过
夜晚的目光紧紧追着

在空旷的野地上，发现第一枚植物
脚插进土地
再也拔不出
那些寂寞的花朵
是春天遗失的嘴唇

为自己的日子
在自己的脸上留下伤口
因为没有别的一切为我们作证

我和过去
隔着黑色的土地
我和未来
隔着无声的空气
我打算卖掉一切
有人出价就行
除了火种、取火的工具
除了眼睛
被你们打得出血的眼睛

一只眼睛留给纷纷的花朵
一只眼睛永不走出铁铸的城门
　　黑井

新娘

故乡的小木屋、筷子、一缸清水
和以后许许多多日子
许许多多告别
被你照耀

今天
我什么也不说
让别人去说
让遥远的江上船夫去说
有一盏灯
是河流幽幽的眼睛
闪亮着
这盏灯今天睡在我的屋子里

过完了这个月，我们打开门
一些花开在高高的树上
一些果结在深深的地下

单翅鸟

单翅鸟为什么要飞呢
为什么
头朝着天地
躺着许多束朴素的光线

菩提，菩提想起
石头
那么多被天空磨平的面孔
都很陌生
堆积着世界的一半
摸摸周围
你就会捡起一块
砸碎另一块

单翅鸟为什么要飞呢
我为什么

喝下自己的影子
揪着头发作为翅膀
离开

也不知天黑了没有
穿过自己的手掌比穿过别人的墙壁还难
单翅鸟
为什么要飞呢

肥胖的花朵
喷出水
我眯着眼睛离开
居住了很久的心和世界

你们都不醒来
我为什么
为什么要飞呢

黑风

掠过田野的那黑风
那第四次的
口粮和旗帜
就要来了！

聚拢的马群将被劫走
星星将被吹散
他在所有的脚印上覆盖
一种新的草药
遗忘的就要永远被遗忘了
窗子忧伤地关上了
有一两盏橘黄朴素的灯也要熄灭
他们来了
他们是黑色的风

后来他们表达了一种失败的东西

他们留下苦苦创生的胚芽

他们哭了

把所有的人哭醒之后

又走了

走得奇怪

以后所有的早晨都非常奇怪

马儿长久地奔跑，太阳不灭，物质不灭

　　苹果突然熟了

还有一些我们熟悉的将要死去

我们不熟悉的慢慢生根

人们啊，所有交给你的

都异常沉重

你要把泥沙握得紧紧

在收获时应该微笑

没必要痛苦地提起他们

没必要忧伤地记住他们

历史

我们的嘴唇第一次拥有
蓝色的水
盛满陶罐
还有十几只南方的星辰
火种
最初忧伤的别离

岁月呵

你是穿黑色衣服的人
在野地里发现第一枝植物
脚插进土地
再也拔不出
那些寂寞的花朵
是春天遗失的嘴唇

岁月呵，岁月

公元前我们太小
公元后我们又太老
没有人见到那一次真正美丽的微笑
那我还是举手敲门
带来的象形文字
撒落一地

岁月呵
岁月

到家了
我缓缓摘下帽子
靠着爱我的人
合上眼睛
一座古老的铜像坐在墙壁中间
青铜浸透了泪水

岁月呵

女孩子

她走来
断断续续走来
洁净的脚印
沾满清凉的露水

她有些忧郁
望望用泥草筑起的房屋
望望父亲
她用双手分开黑发
一枝野樱花斜插着默默无语
另一枝送给了谁
却从没人问起

春天是风

秋天是月亮

在我感觉到时

她已去了另一个地方

那里雨后的篱笆像一条蓝色的

小溪

海上婚礼

海湾
蓝色的手掌
睡满了沉船和岛屿
一对对桅杆
在风上相爱
或者分开

风吹起你的
头发
一张棕色的小网
撒满我的面颊
我一生也不想挣脱

或者如传说那样
我们就是最早的
两个人

住在遥远的阿拉伯山崖后面

苹果园里

蛇和阳光同时落入美丽的小河

你来了

一只绿色的月亮

掉进我年轻的船舱

村庄

村庄里住着
母亲和儿子
儿子静静地长大
母亲静静地注视

芦花丛中
村庄是一只白色的船
我妹妹叫芦花
我妹妹很美丽

活在珍贵的人间

活在这珍贵的人间
太阳强烈
水波温柔
一层层白云覆盖着
我
踩在青草上
感到自己是彻底干净的黑土块

活在这珍贵的人间
泥土高溅
扑打面颊
活在这珍贵的人间
人类和植物一样幸福
爱情和雨水一样幸福

妻子和鱼

我怀抱妻子
就像水儿抱鱼
我一边伸出手去
试着摸到小雨水，并且嘴唇开花

而鱼是哑女人
睡在河水下面
常常在做梦中
独自一人死去

我看不见的水
痛苦新鲜的水
淹过手掌和鱼
流入我的嘴唇

水将合拢
爱我的妻子
小雨后失踪
水将合拢

没有人明白她水上
是妻子水下是鱼
或者水上是鱼
水下是妻子

离开妻子我
自己是一只
装满淡水的口袋
在陆地上行走

你的手

北方
拉着你的手
手
摘下手套
她们就是两盏小灯

我的肩膀
是两座旧房子
容纳了那么多
甚至容纳过夜晚
你的手
在他上面
把他们照亮

于是有了别后的早上

在晨光中

我端起一碗粥

想起隔山隔水的

北方

有两盏灯

只能远远地抚摸

写给脖子上的菩萨

呼吸，呼吸
我们是装满热气的
两只小瓶
被菩萨放在一起

菩萨是一位很愿意
帮忙的
东方女人
一生只帮你一次

这也足够了
通过她
也通过我自己
双手碰到了你，你的

呼吸

两片抖动的小红帆
含在我的唇间
菩萨知道
菩萨住在竹林里
她什么都知道
知道今晚
知道一切恩情
知道海水是我
洗着你的眉
知道你就在我身上呼吸
呼吸

菩萨愿意
菩萨心里非常愿意
就让我出生
让我长成的身体上
挂着潮湿的你

得不到你

得不到你
我用河水做成的妻子
得不到你
我的有弱点的妇女

得不到你
妻子滑动河水
情意泥沙俱下

其余的家庭成员俯伏在锅勺上
得不到你
有弱点的爱情

我们确实被太阳烤焦，秋天内外
我不能再保护自己
我不能再

让爱情随便受伤

得不到你
但我同时又在秋天成亲
歌声四起

房屋

你在早上
碰落的第一滴露水
肯定和你的爱人有关
你在中午饮马
在一枝青丫下稍立片刻
也和她有关
你在暮色中
坐在屋子里，不动
还是与她有关

你不要不承认

巨日消隐，泥沙相合，狂风奔起
那雨天雨地哭得有情有意
而爱情房屋温情地坐着
遮蔽母亲也遮蔽儿子

遮蔽你也遮蔽我

哑脊背

一个穿雨衣的陌生人
来到这座干旱已久的城

（阳光下
他水国的口音很重）

这里的日头直射
人们的脊背

只有夜晚
月亮吸住面孔

月亮也是古诗中
一座旧矿山

只有一个穿雨衣的陌生人
来到这座干旱已久的城

在众人的脊背上
看出了水涨潮，看到了黄河波浪
只有解缆者
又咸又腥

我请求：雨

我请求熄灭
生铁的光、爱人的光和阳光
我请求下雨
我请求
在夜里死去

我请求在早上
你碰见
埋我的人

岁月的尘埃无边
秋天
我请求：
下一场雨
洗清我的骨头

我的眼睛合上

我请求：

雨

雨是一生过错

雨是悲欢离合

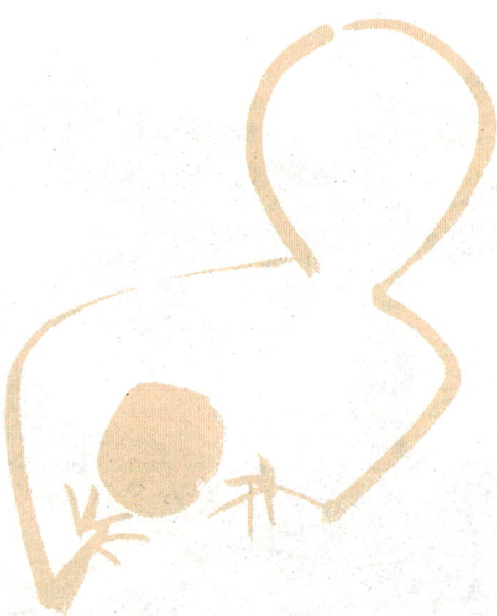

早祷与枭（组诗）

1.

早祷时刻
请你接住我，枭
用胸脯接住我
你要忍痛带走我
　　我是赠给你的爱情
　　我是赠给你的子弹

2.

钟声，钟声响了
眼睛全部打开
我变成一只船
死在沙漠的枭
其实也足以死在
二十丈桅杆上

一匹意外的骆驼带水而来

3.

哭声从船的那一头传到
这一头
装满了新娘
她们搓手而坐
焦黄的脸
留下居住的只有瞳仁
放光的瞳仁

河岸上
几个小偷走过来
几个小偷是树

月亮被枭泪洗过又洗

4.

岁月吹落了四季之帽

一一埋下

淡色的花朵盛开

只为小痛小苦

在土地上

傻张着嘴

他不言又不语

枭，枭又不能怎样？

“呀，谁愿意与我

一前一后走过沼泽

派一个人先死

另一位完成埋葬的义务”

5.

在这个时刻

永远分别是唯一的理由

6.

死后

风抬着你

火速前进

十指

在风中

张开如枭住的小巢

死后

几只枭

分吃了你

小南风细细如笛地吹在下午

所有的小蜻蜓

都找不到你的坟墓

7.

太阳太远了

否则我要埋在那里

8.

早祷，早祷三遍

黎明是一条亮丽之虹

吃下了无数灯

他变得更加明亮

他一头三尾

沉落在四方

沉落在你的肩膀上

你揉揉眼睛

一只小枭

爬出窗户

获得天空

9.

早祷，早祷四遍

要想着爱情的黄昏、黄昏

牧羊人的绝壁上

太阳

一葬就是千里

枭，飞过来，飞过来

这时辰已属于你

结巢，结缘

已黑的天空坐满了头顶

多少次

人间的寻找

其实是防止丢失

10.

杂乱之翅尚未长成

也好

我苦坐苦等

我的身体是一家院子

你进入时不必声张

11.

早祷时刻

七个未婚的老头

躺在床上

眉毛挂霜地

梦到了枭

打钟

打钟的声音里皇帝在恋爱
一枝火焰里
皇帝在恋爱

恋爱，印满了红铜兵器的
神秘山谷
又有大鸟扑钟
三丈三尺翅膀
三丈三尺火焰

打钟的声音里皇帝在恋爱
打钟的黄脸汉子
吐了一口鲜血
打钟，打钟
一只神秘生物
头举黄金王冠

走于大野中央
“我是你爱人
我是你敌人的女儿
我是义军的女首领
对着铜镜
反复梦见火焰”

钟声就是这枝火焰
在众人的包围中
苦心的皇帝在恋爱

明天醒来我会在哪一只鞋子里

我想我已经够小心翼翼的
我的脚趾正好十个
我的手指正好十个
我生下来时哭几声
我死去时别人又哭
我不声不响地
带来自己这个包袱
尽管我不喜爱自己
但我还是悄悄打开

我在黄昏时坐在地球上
我这样说并不表明晚上
我就不在地球上　早上同样
地球在你屁股下
结结实实
老不死的地球你好

或者我干脆就是树枝
我以前睡在黑暗的壳里
我的脑袋就是我的边疆
就是一颗梨
在我成形之前
我是知冷知热的白花

或者我的脑袋是一只猫
安放在肩膀上
造我的女主人荷月远去
成群的阳光照着大猫小猫
我的呼吸
一直在证明
树叶飘飘

我不能放弃幸福
或相反
我以痛苦为生
埋葬半截
来到村口或山上

我盯住人们死看：

呀，生硬的黄土，人丁兴旺

给母亲（组诗）

1. 风

风很美　果实也美
小小的风很美
自然界的乳房也美

水很美　水啊
无人和你
说话的时刻很美

你家中破旧的门
遮住的贫穷很美

风　吹遍草原
马的骨头　绿了

2. 泉水

泉水　泉水
生物的嘴唇
蓝色的母亲
用肉体
用野花的琴
盖住岩石
盖住骨头和酒杯

3. 云

母亲
老了，垂下白发
母亲你去休息吧
山坡上伏着安静的儿子
就像山腰安静的水
流着天空

我歌唱云朵
雨水的姐妹

美丽的求婚

我知道自己颂扬情侣的诗歌没有了用场

我歌唱云朵

我知道自己终究会幸福

和一切圣洁的人

相聚在天堂

4. 雪

妈妈又坐在家乡的矮凳子上想我

那一只凳子仿佛是我积雪的屋顶

妈妈的屋顶

明天早上

霞光万道

我要看到你

妈妈，妈妈

你面朝谷仓

脚踏黄昏

我知道你日见衰老

5. 语言和井

语言的本身
像母亲
总有话说，在河畔
在经验之河的两岸
在现象之河的两岸
花朵像柔美的妻子
倾听的耳朵和诗歌
长满一地
倾听受难的水

水落在远方

无题

给我粮食
给我婚礼
给我星辰和马匹
给我歌曲
给我安息！

我的生日
这是位美丽的
折磨人的女俘虏
坐在故乡的打麦场上

在月光下
使村子里的二流子
如痴如醉！

麦地

吃麦子长大的
在月亮下端着大碗
碗内的月亮
和麦子
一直没有声响

和你俩不一样
在歌颂麦地时
我要歌颂月亮

月亮下
连夜种麦的父亲
身上像流动金子

月亮下
有十二只鸟

飞过麦田
有的衔起一颗麦粒
有的则迎风起舞，矢口否认

看麦子时我睡在地里
月亮照我如照一口井
家乡的风
家乡的云
收聚翅膀
睡在我的双肩

麦浪——
天堂的桌子
摆在田野上
一块麦地

收割季节
麦浪和月光
洗着快镰刀

月亮知道我
有时比泥土还要累
而羞涩的情人
眼前晃动着
麦秸

我们是麦地的心上人
收麦这天我和仇人
握手言和
我们一起干完活
合上眼睛，命中注定的一切
此刻我们心满意足地接受

妻子们兴奋地
不停用白围裙
擦手

这时正当月光普照大地。
我们各自领着
尼罗河，巴比伦或黄河

的孩子　在河流两岸
在群蜂飞舞的岛屿或平原
洗了手
准备吃饭

就让我这样把你们包括进来吧
让我这样说
月亮并不忧伤
月亮下
一共有两个人
穷人和富人
纽约和耶路撒冷
还有我
我们三个人
一同梦到了城市外面的麦地
白杨树围住的
健康的麦地
健康的麦子
养我性命的妻子！

在昌平的孤独

孤独是一只鱼筐
是鱼筐中的泉水
放在泉水中

孤独是泉水中睡着的鹿王
梦风的猎鹿人
就是那用鱼筐提水的人

以及其他的孤独
是柏木之舟中的两个儿子
和所有女儿，围着诗经桑麻沅湘木叶
在爱情中失败
他们是鱼筐中的火苗
沉到水底

拉到岸上还是一只鱼筐
孤独不可言说

抱着白虎走过海洋

倾向于宏伟的母亲
抱着白虎走过海洋

陆地上有堂屋五间
一只病床卧于故乡

倾向于故乡的母亲
抱着白虎走过海洋

扶病而出的儿子们
开门望见了血太阳

倾向于太阳的母亲
抱着白虎走过海洋

左边的侍女是生命
右边的侍女是死亡

倾向于死亡的母亲
抱着白虎走过海洋

半截的诗

你是我的
半截的诗
半截用心爱着
半截用肉体埋着
你是我的
半截的诗
不许别人更改一个字

让我把脚丫搁在黄昏中一位木匠的工具箱上

我坐在中午，苍白如同水中的鸟
苍白如同一位户内的木匠
在我钉成一支十字木头的时刻
在我自己故乡和门前
对面屋顶的鸟
有一只苍老而死

是谁说，寂静的水中，我遇见了这只苍老的鸟

就让我歇脚在马厩之中
如果不是因时辰不好
我记得我自己来自一个更美好的地方
让我把脚丫搁在黄昏中一位木匠的工具箱上
或者让我的脚丫在木匠家中长成一段白木
正当鸽子或者水中的鸟穿行于未婚妻的腹部
我被木匠锯子锯开，做成木匠儿子
的摇篮。十字架

从六月到十月

六月积水的妇人，囤积月光的妇人
七月的妇人，贩卖棉花的妇人
八月的树下
洗耳朵的妇人
我听见对面窗户里
九月订婚的妇人
订婚的戒指
像口袋里潮湿的小鸡
十月的妇人则在婚礼上
吹熄盘中的火光，一扇扇漆黑的木门
飘落在草原上

八月尾

即使我是一个粗枝大叶的人
我也看见了红豹子、绿豹子

当流水淙淙
八月的泉水
穿越了山冈
月亮是红豹子
树林是绿豹子
少女是你们俩
生下的花豹子
即使我是一个粗枝大叶的人
少女，树林中
你也藏不住了

八月的尾，树林绿，月亮红

不久我将看到树叶落了

栗树底下

脊背上挂着鹌鹑的人

少女，无论如何

粗枝大叶的人

看见你啦

感动

早晨是一只花鹿
踩到我额上
世界多么好
山洞里的野花
顺着我的身子
一直烧到天亮
一直烧到洞外
世界多么好

而夜晚，那只花鹿
的主人，早已走入
土地深处，背靠树根
再转移一些
你根本无法看见的幸福
野花从地下
一直烧到地面

野花烧到你脸上

把你烧伤

世界多么好

早晨是山洞中

一只踩人的花鹿

粮食

埋着猎人的山冈
是猎人生前唯一的粮食

粮食
是图画中的妻子

西边山上
九只母狼
东边山上
一轮月亮

反复抱过的妻子是枪
枪是沉睡爱情的村庄

月光

今夜美丽的月光　你看多好！

照着月光

饮水和盐的马

和声音

今夜美丽的月光　你看多美丽

羊群中　生命和死亡宁静的声音

我在倾听！

这是一支大地和水的歌谣，月光！

不要说　你是灯中之灯，月光！

不要说心中有一个地方

那是我一直不敢梦见的地方

不要问　桃子对桃花的珍藏

不要问　打麦大地　处女　桂花和村镇

今夜美丽的月光　你看多好！

不要说死亡的烛光何须倾倒

生命依然生长在忧愁的河水上

月光照着月光　月光普照

今夜美丽的月光合在一起流淌

孤独的东方人

孤独的东方人第一次感到月光遍地
月亮如轻盈的野兽
踩入林中
孤独的东方人第一次随我这月亮爬行

（爱人像一片叶子完整地藏在树上
正是她只身随我进入河流）

爬行中
不能没有
一路思念
让我谢谢你，几番追逐之后
爱情远遁心中
让我在树下和夜晚对面而坐

（爱人说孩子

孩子是

落入怀中的阳光

哇哇大哭）

于是

孤独的东方人开口闭口之间

太阳已出

我爬行只求：

孩子平安

我爬行只求：人爱我心

给卡夫卡

——囚徒核桃的双脚

在冬天放火的囚徒
无疑非常需要温暖
这是亲如母亲的火光
当他被身后的几十根玉米砸倒
在地，这无疑又是
富农的田地

当他想到天空
无疑还是被太阳烧得一干二净
这太阳低下头来，这脚镣明亮
无疑还是自己的双脚，如同核桃
埋在故乡的钢铁里
工程师的钢铁里

大自然

让我来告诉你
她是一位美丽结实的女子
蓝色小鱼是她的水罐
也是她脱下的服装
她会用肉体爱你
在民歌中久久地爱你

你上上下下瞧着
你有时摸到了她的身子
你坐在圆木头上亲她
每一片木叶都是她的嘴唇
但你看不见她
你仍然看不见她

她仍在远处爱着你

天鹅

夜里，我听见远处天鹅飞越桥梁的声音
我身体里的河水
呼应着她们

当她们飞越生日的泥土、黄昏的泥土
有一只天鹅受伤
其实只有美丽吹动的风才知道
她已受伤。她仍在飞行

而我身体里的河水却很沉重
就像房屋上挂着的门扇一样沉重
当她们飞过一座远方的桥梁
我不能用优美的飞行来呼应她们

当她们像大雪飞过墓地
大雪中却没有路通向我的房门

——身体没有门——只有手指
竖在墓地，如同十根冻伤的蜡烛

在我的泥土上
在生日的泥土上
有一只天鹅受伤
正如民歌手所唱

莫扎特在《安魂曲》中说

我所能看见的妇女
水中的妇女
请在麦地之中
清理好我的骨头
如一束芦花的骨头
把它装在琴箱里带回

我所能看见的
洁净的妇女，河流
上的妇女
请把手伸到麦地之中

当我没有希望
坐在一束麦子上回家
请整理好我那零乱的骨头
放入那暗红色的小木柜，带回它
像带回你们富裕的嫁妆

不幸

四月的日子　最好的日子
和十月的日子　最好的日子
比四月更好的日子
像两匹马　拉着一辆车
把我拉向医院的病床
和不幸的病痛

有一座绿色悬崖倒在牧羊人怀中
两匹马
在山上飞

两匹马
白马和红马
积雪和枫叶
犹如姐妹
犹如两种病痛
的鲜花

泪水

最后的山顶树叶渐红
群山似穷孩子的灰马和白马
在十月的最后一夜
倒在血泊中

在十月的最后一夜
穷孩子夜里提灯还家　泪流满面
一切死于中途　在远离故乡的小镇上
在十月的最后一夜

背靠酒馆白墙的那个人
问起家乡的豆子地里埋葬的人
在十月的最后一夜
问起白马和灰马为谁而死……鲜血殷红

他们的主人是否提灯还家

秋天之魂是否陪伴着他
他们是否都是死人
都在阴间的道路上疯狂奔驰

是否此魂替我打开窗户
替我扔出一本破旧的诗集
在十月的最后一夜
我从此不再写你

海子小夜曲

以前的夜里我们静静地坐着
我们双膝如木
我们支起了耳朵
我们听得见平原上的水和诗歌
这是我们自已的平原，夜晚和诗歌

如今只剩下我一个
只有我一个双膝如木
只有我一个支起了耳朵
只有我一个听得见平原上的水
　　诗歌中的水
在这个下雨的夜晚
如今只剩下我一个
为你写着诗歌
这是我们共同的平原和水
这是我们共同的夜晚和诗歌

是谁这么说过　海水
要走了　要到处看看
我们曾在这儿坐过

给你（组诗）

1.

在赤裸的高高的草原上
我相信这一切：
我的脚，一颗牝马的心
两道犁沟，大麦和露水
在那高高的草原上，白云浮动
我相信天才，耐心和长寿
我相信有人正慢慢地艰难地爱上我
别的人不会，除非是你
我俩一见钟情
在那高高的草原上
赤裸的草原上
我相信这一切
我相信我俩一见钟情

2.

我爱你

跑了很远的路

马睡在草上

月亮照着他的鼻子

3.

爱你的时刻

住在旧粮仓里

写诗在黄昏

我曾和你在一起

在黄昏中坐过

在黄色麦片的黄昏

在春天的黄昏

我该对你说些什么

黄昏是我的家乡

你是家乡静静生长的姑娘

你是在静静的情义中生长

没有一点声响

你一直走到我心上

4.

当她在北方草原摘花的时候

我的双手驶过南方水草

用十指拨开

寂寞的家门

她家木门下几个姐妹的脸

亲人的脸

像南方的雨

真正的雨水

落在我头上

5.

冬天的人

像神祇一样走来

因为我在冬天爱上了你

给 B 的生日[1]

天亮我梦见你的生日
好像羊羔滚向东方
——那太阳升起的地方

黄昏我梦见我的死亡
好像羊羔滚向西方
——那太阳落下的地方

秋天来到，一切难忘
好像两只羊羔在途中相遇
在运送太阳的途中相遇
碰碰鼻子和嘴唇
——那友爱的地方
那秋风吹凉的地方
那片我曾经吻过的地方

① B 为海子的初恋女友，中国政法大学 1983 级学生。

北斗星　七座村庄

——献给萍水相逢的额济纳姑娘

村庄　水上运来的房梁　漂泊不定
还有十天　我就要结束漂泊的生涯
回到五谷丰盛的村庄　废弃果园的村庄
村庄　是沙漠深处你所居住的地方　额济纳！

秋天的风早早地吹　秋天的风高高地吹
静静面对额济纳
白杨树下我吹灭你的两只眼睛
额济纳　大沙漠上静静地睡

额济纳姑娘　我黑而秀美的姑娘
你的嘴唇在诉说　在歌唱
五谷的风儿吹过骆驼和牛羊
翻过沙漠　你是镇子上最令人难忘的姑娘

怅望祁连（之一）

那些是在过去死去的马匹
在明天死去的马匹
因为我的存在
它们在今天不死
它们在今天的湖泊里饮水食盐

天空上的大鸟
从一颗樱桃
或马骷髅中
射下雪来
于是马匹无比安静
这是我的马匹
它们只在今天的湖泊里饮水食盐

怅望祁连（之二）

星宿　刀　乳房
这就是雪水上流下来的东西
　　“亡我祁连山，使我牛羊不蕃息
　　失我胭脂山，令我妇女无颜色”
只有黑色牲畜的尾巴
鸟的尾巴
鱼的尾巴
儿子们脱落的尾巴
像七种蓝星下
插在屁股上的麦芒
风中拂动
雪水中拂动

九月

目击众神死亡的草原上野花一片
远在远方的风比远方更远
我的琴声呜咽　泪水全无
我把这远方的远归还草原
一个叫马头　一个叫马尾
我的琴声呜咽　泪水全无

远方只有在死亡中凝聚野花一片
明月如镜高悬草原映照千年岁月
我的琴声呜咽　泪水全无
只身打马过草原

冬天的雨[1]

一只船停在荒凉的河岸
那就是你居住的城市
我的外套肮脏，扔在河岸上
我的心情开始平静而开朗

河水上面还是山冈
许多年前冒起了白烟
部落来到这里安下了铁锅
在潮湿的天气里
我的心情开始平静而开朗
这不是别人的街头，也不是我梦中的景色
街头上卖艺人收起了他彩色的帐篷

① 此诗大概是《雨》的初稿。

冬天的雨下在石头上
飘过山梁仍旧是冬天的雨
打一只火把走到船外去看山头的麦地
然后在神像前把火把熄灭
我们沉默地靠在一起
你是一个仙女，是冬天潮湿的石头
你的外表是一把雨伞
你躲在伞中像拒绝天地的石头

你的黑发披散在冬天的雨中
混同于那些明媚的两省交界的姑娘
在大山的边缘，山顶的雪已隐然远去
像那些在大河上凝固的白帆
我摘下你的头巾，走到你的麦地
这里粮食虽然是潮湿的
仍然是山顶的粮食

野兽在雨中说过的话，我们还要再说一遍
我们在火把中把野兽说过的话重复一遍
我看见一个铁匠的火屑飞溅
我看到一条肮脏的河流奔向大海，越来越清澈，平静而广阔
这都是你的赐予，你手提马灯，手握着艾
平静得像一个夜里的水仙
你的黑发披散着盖住了我的胸脯
我将我那随身携带的弓箭挂到墙上
那弓箭我随身携带了一万年

我的河流这时平静而广阔
容得下多少小溪的混浊
我看见你提着水罐举向我的胸脯
我足够喂养你的嘴唇和你的羊群

我在冬天的雨中奔腾，我的胸脯上藏有明天早晨
明天早晨我的两腿画满了野兽和村落
有的跳跃着，用翅膀用肉体生活
有的死于我的弓箭，长眠不醒

雨

打一支火把走到船外去看山头被雨淋湿的麦地
又弱又小的麦子！

然后在神像前把火把熄灭
我们沉默地靠在一起
你是一个仙女，住在庄园的深处

月亮　你寒冷的火焰　你雨衣中裸体少女依然新鲜

今天夜晚的火焰穿戴得像一朵鲜花
在南方的天空上游泳
在夜里游泳　越过我的头顶

高地的小村庄又小又贫穷

像一颗麦子

像一把伞

伞中裸体少女沉默不语

贫穷孤独的少女　像女王一样　住在一把伞中

阳光和雨水只能给你尘土和泥泞

你在伞中，躲开一切

拒绝泪水和回忆

雨鞋

我的双脚在你之中
就像火走在柴中

雨鞋和羊和书一起塞进我的柜子
我自己被塞进相框，挂在故乡
那黏土和石头的房子，房子里用木生火
潮湿的木条上冒着烟
我把撕碎的诗稿和被雨打湿
改变了字迹的潮湿的书信
卷起来，这些灰色的信
我没有再读一遍
普希金将她们和拖鞋一起投进壁炉
我则把这些温暖的灰烬
把这些信塞进一双小雨鞋
让她们沉睡千年
梦见洪水和大雨

九首诗的村庄

秋夜美丽
使我旧情难忘
我坐在微温的地上
陪伴粮食和水
九首过去的旧诗
像九座美丽的秋天下的村庄
使我旧情难忘

大地在耕种
一语不发，住在家乡
像水滴、丰收或失败
住在我心上

光棍

神秘客人那位食玉米担玉米
草筐中埋着牛肝的那光棍
在春天用了一把大火
烧光家园　使众人受伤

大家伤心唏嘘不已
穷得丁当响的酒柜上
光棍光芒万丈

老英雄
走上前来
抱住那光棍
坐在黄昏
歌唱江山
布满眼泪

两座村庄

和平与情欲的村庄
诗的村庄
村庄母亲昙花一现
村庄母亲美丽绝伦

五月的麦地上　天鹅的村庄
沉默孤独的村庄
一个在前一个在后
这就是普希金和我　诞生的地方

风吹在村庄
风吹在海子的村庄
风吹在村庄的风上
有一阵新鲜有一阵久远

北方星光照耀南国星座

村庄母亲怀中的普希金和我
闺女和鱼群的诗人　安睡在雨滴中
是雨滴就会死亡！

夜里风大　听风吹在村庄
村庄静坐　像黑漆漆的财宝
两座村庄隔河而睡
海子的村庄睡得更沉

七月的大海

老乡们，谁能在海上见到你们真是幸福！
我们全都背叛自己的故乡
我们会把幸福当成祖传的职业
放下手中痛苦的诗篇

今天的白浪真大！老乡们，它高过你们的粮仓
如果我中止诉说，如果我意外地忘却了你
把我自己的故乡抛在一边
我连自己都放弃　更不会回到秋收　农民的家中

在七月我总能突然回到荒凉
赶上最后一次
我戴上帽子　穿上泳装　安静地死亡
在七月我总能突然回到荒凉

土地·忧郁·死亡

黄昏，我流着血污的脉管不能使大羊生殖。

黎明，我仿佛从子宫中升起，如剥皮的兔子摆上早餐。

夜晚，我从星辰上坠落，使墓地的群马阉割或受孕。

白天，我在河上漂浮的棺材竟拼凑成目前的桥梁或婚娶之船。

我的白骨累累是水面上人类残剩的屋顶。

燕子和猴子坐在我荒野的肚子上饮食男女。

我的心脏中楚国王廷面对北方难民默默无言。

全世界人民如今在战争之前粮草齐备。

最后的晚餐那食物径直通过了我们的少女

她们的伤口　她们颅骨中的缝

最后的晚餐端到我们的面前

一道筵席，受孕于人群：我们自己。

马、火、灰

——鼎

有了安慰，马飞来了，甚至有了盐，有了死亡

有了安慰，有了爪子，有了牙，甚至有了故乡，不缺乏春天

仍然缺少一具多么坚强的骷髅牢牢锁住我　多么牢固

我的舞蹈举起一片消费人血的灯

和耗尽什么的头颅　麦芒在煮光了自己之后

只剩下空杆之火　不尽诉说

有了安慰，有了马、火、灰、鼎，甚至有了夜晚

仍然缺少鬼魂，死过一次的缺少再次死亡

两姐妹只死了一个，天空却需要她们全部死亡

最好是无人收拾雪白的骨殖　任荒山更加荒芜下去

只剩下一片沙漠　和　戈壁

有了安慰，而我们是多么缺少绝望

我所在的地方滴水不存，寸草不生，没有任何生长

日出

——见于一个无比幸福的早晨的日出

在黑暗的尽头
太阳，扶着我站起来
我的身体像一个亲爱的祖国，血液流遍
我是一个完全幸福的人
我再也不会否认
我是一个完全的人我是一个无比幸福的人
我全身的黑暗因太阳升起而解除
我再也不会否认　天堂和国家的壮丽景色
和她的存在……在黑暗的尽头！

水抱屈原

举着火把、捕捉落入
水的人

水抱屈原：如夜打门的火把倒向怀中
水中之墓呼唤鱼群

我要离开一只平静的水罐
骄傲者的水罐——
宝剑埋在牛车的下边

水抱屈原：一双眼睛如火光照亮
水面上千年羊群
我在这时听见了世界上美丽如画

水抱屈原是我
如此尸骨难收

不幸（组诗）

——给荷尔德林

1. 病中的酒

拾起了一张病床
我的荷尔德林　他就躺在这张床上
马　疯狂地奔驰一阵
横穿整个法兰西

成为纯洁诗人、疾病诗人的象征
不幸的诗人啊
人们把你像系马一样
系在木匠家一张病床上

我不知道
在八月逝去的黄昏
二哥索福克勒斯

是否用悲剧减轻了你的苦痛

当那些姐妹和长老
举起了不幸的羊毛
燃烧的羊毛
像白雪一样地燃烧

他说——不要着急，焦躁的诸神
等一首故乡的颂歌唱完
我斤微　会钻进你们那
黑暗和迟钝的羊角

丰足的羊角　呜呜作响的羊角
王冠和疯狂的羊角：我躺下
——“一万年太久”
只有此羊角　诗歌黑暗　诗人盲目

2．怀念　或没有收获

等你手拿钝镰刀

割下白雪和羊毛
不幸的荷尔德林已经发疯

修道院总管的儿子
银行家夫人的情人
不幸的荷尔德林已经发疯

等你建好医院
安放好一张又一张病床
荷尔德林就躺在第一张床上
经历没有收获的日子
那是幸福的
——“收获即苦难。”

只好怀念大雁——
那哭泣和笑容的篮子
当你追随我
来到人类的生活
只好怀念大雁——
那被黄昏染红的肉体的新娘。

3. 牧羊人的舞蹈——对称

——黑暗沉寂之国

（有题无诗）

4. 血以后是黑暗——比血更红的是黑暗

荷尔德林——告诉我那黑暗是什么
他又怎样把你淹没
把你拥进他的怀抱
像大河淹没了一匹骏马

存在着　嘶叫着　和黑暗之桶的主人啊
你——现在又怎样在深渊上飞翔——阴郁地起舞——将我抛弃
并将我嘲笑——荷尔德林
你可是也已成为黑暗的大神的一部分
故乡
……我们仍抱着这光中飞散的桶的碎片营造土地和村庄

他们终究要被黑暗淹没

告诉我，荷尔德林——我的诗歌为谁而写

掘地深藏的地洞中毒药般诗歌和粮食

房屋和果树——这些碎片——在黑暗中又会呈现怎样的景象，荷尔德林？

延续六年的阴郁的旅行之路啊

兄弟们是否理解？狄奥提马是否同情——她虽已早死？

哪一位神曾经用手牵引你度过这光明和黑暗交织的道路？

你在那些渡口又遇见什么样的老母和木匠的亲人？

他们是幻象？还是真理？

是美丽还是谎言？是阴郁还是狂喜？

还是这两者的合一：统治。

血以后还是黑暗——比血更红的是黑暗

我永久永久怀念着你

不幸的兄弟　荷尔德林！

5. 致命运女神

怀抱心上人摔坏的一盏旧灯
怀抱悬崖上幸福的花草纵身而下

红色的大雁
隔河相望美丽村镇

致命运女神的几行诗句
痛苦在山上但说无妨

红色的大雁
在南风中微微吹动

少女食羊　羊食少年死后长出的青青草杆
一团白云卷走了你

随风来去的羊
——命运女神！

尼采，你使我想起悲伤的热带

——别人的诗：金黄的秋收俯伏在希腊的大理石上

一只陶罐上
镌刻一尾鱼
我住在鱼头
你住在鱼尾
我在冰天雪地的酒馆忙于宗教
冻得全身发红
你头发松开，充满情欲和狂暴

悲伤的热带
南方的岛屿
我的梦之蛇

你踏上雇佣军向南进军的大道
走出战俘营代价昂贵
辉煌的十年疯狂之门

一眼望见天堂里诗人歌唱的梨花朵朵
像原始人交换新娘后
堆积在梦中岛屿上的盐

水滴中千万颗乳房
歌唱我的一生
热带是
我的心情

是　国王的女儿
蜥蜴和袋鼠跳跃峡谷的女儿
和我
另一位呢喃而疯狂的诗人
同住在一只壶里

我的心情逼迫群蛇起舞　拥抱死亡的鹰
热带的悲伤少女
季节和岁月的火焰
你们都在十五岁就一命归天

水滴中千万颗乳房

归于虚无的热带

古老猎手萌生困惑

在山顶自缢

公爵的私生女

——给波德莱尔

我们偶然相遇
没有留下痕迹

那个庸俗的故事
使用货币或麦子
卖鱼的卖鱼
抓药的抓药
在天堂的黄昏
躲也躲不开
我们的生存
唯一的遭遇是一首诗
一首诗是一个被谋杀的生日
月光下　诗篇犹如
每一个死婴背着包袱
在自由地行进

路途遥远却独来独往

死婴

我的朋友

我的亲人

来路已逝去路已断

我们偶然相遇

没有留下痕迹

石头门外，守夜人

抱着三枝火焰

埋下双眼，一夜长眠

盲目

——给维特根施坦

那个人躲在山谷里研究刑法
那个人打扰了语言本身
打扰了那个俘虏和园丁

扰乱了谷草的图案
那个人躲在山谷里
研究犯罪和刑罚

那个人在寒冷草原搬动木桶
那个人牵着骆驼，模仿沉默的园丁
那个人咀嚼谷草犹如牲畜
那个人仿佛就是语言自身的饥饿

多欲的父亲
娶下饱满的母亲

在部落里怀孕

在酒馆里怀孕

在渔船上怀孕

船舱内消瘦的哲学家思索多欲的父亲

是多么懊恼

多欲的父亲　央求家宅存在　门窗齐全

多欲的父亲　在我们身上　如此使我们恼火

（挺矛而上的哲学家

是一个赤裸裸的人）

是我的裸体

骑上时间绿色的群马

冲向语言在时间中的饥饿和犯罪

那个人躲在山谷里研究刑法

诗人叶赛宁（组诗）

1. 诞生

星日朗朗

野花的村庄

湖水荡漾

野花！

生下诗人

湖水在怀孕

在怀孕

一对蓓蕾

野花的小手在怀孕

生下诗人叶赛宁

野花的村庄漆黑

如同无人居住

野花，我的村庄公主

安坐痛苦的北方

生下诗人

谁家的窗户

灯火明亮

是野花，一只安详燃烧的灯

坐在泥土的灯台上

生下诗人叶赛宁

2．乡村的云

乡村的云

故乡

你们俩是

水上的一对孩子

云朵的门啊，请为幸福的人们打开

请为幸福

和山坡上无处躲藏的忧伤的眼睛

打开！

3. 少女

少女
头枕斧头和水
安然睡去
一个春天
一朵花
一片海滩　一片田园

少女
一根伐自上帝
美丽的枝条

少女
月亮的马
两颗水滴
对称的乳房

4. 诗人叶赛宁

我是中国诗人
稻谷的儿子
茶花的女儿
也是欧罗巴诗人
儿子叫意大利
女儿叫波兰
我饱经忧患
一贫如洗
昨日行走流浪
来到波斯酒馆
别人叫我
诗人叶赛宁
浪子叶赛宁
叶赛宁
俄罗斯的嘴唇
梁赞的屋顶
黄昏的面容
农民的心

一颗农民的心

坐在酒馆

像坐在一滴酒中

坐在一滴水中

坐在一滴血中

仙鹤飞走了

桌子抬走了

尸体抬走了

屋里安坐忧郁的诗人

仍然安坐诗人叶赛宁

叶赛宁

不曾料到又一次

春回大地

大地是我死后爱上的女人

大地啊

美丽的是你

丑陋的是我

诗人叶赛宁

在大地中

死而复生

5. 玉米地

微风吹过这座小小的山冈
玉米地里棵棵玉米又瘦又小

我浇水　看着这些小小的可爱又瘦小的叶子
青青杨树叶子喧响在那一头
太阳远远地燃烧
落入一座空空的山谷

树叶是采自诸神的枪支和婚床
圆形盾牌镌刻着无知的文字

6. 醉卧故乡

故乡的夜晚醉倒在地
在蓝色的月光下
飞翔的是我
感觉到心脏，一颗光芒四射的星辰
醉倒在地，头举着王冠
头举着五月的麦地

举着故乡晕眩的屋顶

或者星空，醉倒在大地上！

大地，你先我而醉

我要扶住你

大地！

我醉了

我是醉了

我称山为兄弟、水为姐妹、树林是情人

我有夜难眠，有花难戴

满腹话儿无处诉说

只有碰破头颅

霞光落在四邻屋顶

我的双脚踏在故乡的路上变成亲人的双脚

一路蹒跚在黄昏　升上南国星座

双手飞舞，口中喃喃不绝

我在飞翔

急促而深情

飞翔的是我的心脏

我感觉要坐稳在自己身上

故乡，一个姓名

一句

美丽的诗行

故乡的夜晚醉倒在地

7. 浪子旅程

我是浪子

我戴着水浪的帽子

我戴着漂泊的屋顶

灯火吹灭我

家乡赶走我

来到酒馆和城市

我本是农家子弟

我本应该成为

迷雾退去的河岸上

年轻的乡村教师

从都会师院毕业后

在一个黎明

和一位纯朴的农家少女
一起陷入情网
但为什么
我来到了酒馆
和城市

虽然我曾与母牛狗仔同歇在
露西亚天国
虽然我在故乡山冈
曾与一个哑巴
互换歌唱
虽然我二十年不吱一声
爱着你，母亲和外祖父
我仍下到酒馆——俄罗斯船舱底层
啜泣酒杯的边缘
为不幸而凶狠的人们
朗诵放荡疯狂的诗

我要还家
我要转回故乡，头上插满鲜花

我要在故乡的天空下
沉默寡言或大声谈吐
我要头上插满故乡的鲜花

8. 绝命

此刻在美丽的小镇上
苦荞麦儿香
说声分手吧
和另一位叶赛宁　双手紧紧握住

点着烛火，烧掉旧诗
说声分手吧
分开编过少女秀发的十指
秀发像五月的麦苗　曾轻轻含在嘴里

和另一位叶赛宁分手
用剥过蛇皮蒙上鼓面的人类之手
自杀身亡，为了美丽歌谣的神奇鼓面
蛇皮鼓啊如今你在村中已是泪水灯笼

说声分手吧　松开埋葬自己的十指
把自己在诗篇中埋葬
此刻在美丽的小镇上
不会有苦荞麦儿香

9. 天才

轻雷滚过的风中
白杨树梢摇动
在这个黄昏
我想到天才的命运

在此刻我想起你凡·高和韩波
那些命中注定的天才
一言不发
心情宁静

那些人
站在月亮中把头颅轻轻摇晃
手持火把，腰围面粉袋
心情宁静

暮色茫茫
永不复返的人哪
在孤寂的空无一人的打谷场上
被三位姐妹苦苦留下。

痛苦的天才们
饥渴难挨
可是河中滴水全无
面粉袋中没有一点面粉

轻雷滚过的风中
死者的鞋子，仍在行走
如车轮，如命运
沾满谷物与盲目的泥土

长发飞舞的姑娘
（五月之歌）

玫瑰谢了，玫瑰谢了
如早嫁的姐妹漂落，漂落四方
我红色的姐姐，我白色的妹妹
大地和水挽留了她们　熄灭了她们
她们黯然熄灭，永远沉默却是为何？
姐妹们，你们能否告诉我
你们永久的沉默是为了什么

长发飞舞的黑眼睛姑娘
不像我的姐姐　也不像妹妹
不似早嫁的姐妹迟迟不归

如今我坐在街镇的一角
为你歌唱，远离了五谷丰盛的村庄

美丽白杨树

灵魂像山腰或者山顶四只恼人的蹄子
移动步履，幻变无常的人类
可还记得白色的杨树　平静而美丽

可还记得　一阵雷声　自远方滚来
高高的天空回荡天堂的声响

幻变无常的人类　可还记得
闪电和雨水中的　白色杨树

在你的河岸上　女人　月亮　马　匆匆而去
四只蹄子在你的河岸上
拥有一间雪中的屋子　婚姻　或一面镜子
这就是大地上你全部的居所

难忘有一日歇脚白杨树下
白色美丽的树！
在黄金和允诺的地上
陪伴花朵和诗歌　静静地开放　安详地死亡

美丽的白杨树　这是一位无名的诗人
使女儿惊讶　而后长成幸福的主妇　不免终老于斯
这是一位无名的诗人使女儿惊讶
美丽的白杨树
这多像弟弟和父亲对她们的忠实

灯

我们坐在灯上
我们火光通明
我们做梦的胳膊搂在一起
我们栖息的桌子飘向麦地
我们安坐的灯火涌向星辰

灯光，我明丽又温暖
的橘黄的雪
披上新娘的微黄的发辫

（灯
只有你
你仿佛无鞋
你总是行色匆匆）
灯，你的名字
掌在我手上

灯，月亮上
亮起的心
和眼睛
灯
躲在山谷
躲在北方山顶的麦地

灯啊
我们做梦的房子飘向麦田
桌子上安放求婚的杯盏
祈求和允诺的嘴唇
是灯

灯
一丛美丽
暖和
一个名字
我的秘密
我的新娘
叫小灯

灯

明天的雪中新娘

安坐屋中

你为什么无鞋

你为什么

竖起一根通红的手指

挡住出嫁日期

北方的树林

槐树在山脚开花
我们一路走来
躺在山坡上　感受茫茫黄昏
远山像幻觉　默默停留一会

摘下槐花
槐花在手中放出香味
香味　来自大地无尽的忧伤
大地孑然一身　至今孑然一身

这是一个北方暮春的黄昏
白杨萧萧　草木葱茏
淡红色云朵在最后静止不动
看见了饱含香脂的松树

是啊，山上只有槐树　杨树和松树

我们坐下　感受茫茫黄昏

莫非这就是你我的黄昏

麦田吹来微风　顷刻沉入黑暗

灯诗

灯，从门窗向外生活
灯啊是我内心的春天向外生活
黑暗的蜜之女王
向外生活，“有这样一只美丽的手向外生活”

火种蔓延的灯啊
是我内心的春天一人放火
没有火光，没有火光烧坏家乡的门窗
春天也向外生长
度过炎炎大火的一颗火
却被秋天遍地丢弃
让白雪走在酒上享受生活

你是灯
是我胸脯上的黑夜之蜜
灯，怀抱着黑夜之心

烧坏我从前的生活和诗歌

灯，一手放火，一手享受生活
茫茫长夜从四方围拢
如一场黑色的大火
春天也向外生长
还给我自由，还给我黑暗的蜜、空虚的蜜
孤独一人的蜜
我宁愿在明媚的春光中默默死去
“有这样一只美丽的手在酒上生活”
要让白雪走在酒上享受生活

夜晚　亲爱的朋友

在什么树林，你酒瓶倒倾
你和泪饮酒，在什么树林，把亲人埋葬

在什么河岸，你最寂寞
搬进了空荡的房屋，你最寂寞，点亮灯火

什么季节，你最惆怅
放下了忙乱的箩筐
大地茫茫，河水流淌
是什么人掌灯，把你照亮

哪辆马车，载你而去，奔向远方
奔向远方，你去而不返，是哪辆马车

晨雨时光

小马在草坡上一跳一跳
这青色麦地晚风吹拂
在这个时刻　我没有想到
五盏灯竟会同时亮起

青麦地像马的仪态　随风吹拂
五盏灯竟会一盏一盏地熄灭

往后　雨会下到深夜　下到清晨
天色微明
山梁上定会空无一人

不能携上路程
当众人齐集河畔　空声歌唱生活
我定会孤独返回空无一人的山峦

麦地与诗人

询问

在青麦地上跑着
雪和太阳的光芒

诗人，你无力偿还
麦地和光芒的情义

一种愿望
一种善良
你无力偿还

你无力偿还
一颗放射光芒的星辰
在你头顶寂寞燃烧

答复

麦地
别人看见你
觉得你温暖，美丽
我则站在你痛苦质问的中心
　　　被你灼伤
我站在太阳　痛苦的芒上

麦地
神秘的质问者啊

当我痛苦地站在你的面前
你不能说我一无所有
你不能说我两手空空

麦地啊，人类的痛苦
是他放射的诗歌和光芒

五月的麦地

全世界的兄弟们
要在麦地里拥抱
东方，南方，北方和西方
麦地里的四兄弟，好兄弟
回顾往昔
背诵各自的诗歌
要在麦地里拥抱

有时我孤独一人坐下
在五月的麦地　梦想众兄弟
看到家乡的卵石滚满了河滩
黄昏常存弧形的天空
让大地上布满哀伤的村庄
有时我孤独一人坐在麦地里为众兄弟背诵中国诗歌
没有了眼睛也没有了嘴唇

幸福的一日

——致秋天的花楸树

我无限地热爱着新的一日
今天的太阳　今天的马　今天的花楸树
使我健康　富足　拥有一生

从黎明到黄昏
阳光充足
胜过一切过去的诗
幸福找到我
幸福说："瞧　这个诗人
他比我本人还要幸福"

在劈开了我的秋天
在劈开了我的骨头的秋天
我爱你，花楸树

重建家园

在水上　放弃智慧
停止仰望长空
为了生存你要流下屈辱的泪水
来浇灌家园

生存无须洞察
大地自己呈现
用幸福也用痛苦
来重建家乡的屋顶

放弃沉思和智慧
如果不能带来麦粒
请对诚实的大地
保持缄默　和你那幽暗的本性

风吹炊烟

果园就在我身旁静静叫喊

“双手劳动

慰藉心灵”

献诗

——给 S

谁在美丽的早晨
谁在这一首诗中

谁在美丽的火中　飞行
并对我有无限的赠予

谁在炊烟散尽的村庄
谁在晴朗的高空

天上的白云
是谁的伴侣

谁身体黑如夜晚　两翼雪白
在思念　在鸣叫

谁在美丽的早晨
谁在这一首诗中

十四行：夜晚的月亮

推开树林
太阳把血
放入灯盏

我静静坐在
人的村庄
人居住的地方

一切都和本原一样
一切都存入
人的世世代代的脸
一切不幸

我仿佛
一口祖先们
向后代挖掘的井。
一切不幸都源于我幽深而神秘的水

秋

用我们横陈于地的骸骨
在沙滩上写下：青春。然后背起衰老的父亲
时日漫长　方向中断
动物般的恐惧充塞着我们的诗歌

谁的声音能抵达秋之子夜　长久喧响
掩盖我们横陈于地上的骸骨——
秋已来临。
没有丝毫的宽恕和温情：秋已来临

秋日黄昏

火焰的顶端
落日的脚下
茫茫黄昏　华美而无上
在秋天的悲哀中成熟

日落大地　大火熊熊　烧红地平线滚滚而来
使人壮烈　使人光荣与寿同在　分割黄昏的灯
百姓一万倍痛感黑夜来临
在心上滚动万寿无疆的言语

时间的尘土　抱着我
在火红的山冈上跳跃
没有谁来应允我
万寿无疆或早夭襁褓

相反的是　这个黄昏无限痛苦
无限漫长　令人痛不欲生
切开血管
落日殷红

愿有情人终成眷属
愿爱情保持一生
或者相反　极为短暂　匆匆熄灭
愿我们从此再不提起

再不提起过去
痛苦与幸福
生不带来　死不带去
唯黄昏华美而无上。

秋

秋天深了，神的家中鹰在集合
神的故乡鹰在言语
秋天深了，王在写诗
在这个世界上秋天深了
该得到的尚未得到
该丧失的早已丧失

为什么你不生活在沙漠上

为什么你不生活在沙漠上
英雄的可怜而可爱的伴侣
我那唯一的人在何方？
用酒调着火所能留下的灰　写下几首诗？

我的形象开始上升
主宰着你的心灵！
孤独守候着
一个健康的声音！

绝望之神　你在何方？
为什么你不生活在沙漠上！
我是谁手里磨刀的石块？
我为何要把赤子带进海洋

海子躺在地上

天空上

海子的两朵云

说：

你要把事业留给兄弟　留给战友

你要把爱情留给姐妹　留给爱人

你要把孤独留给海子　留给自己

祖国（或以梦为马）

我要做远方的忠诚的儿子
和物质的短暂情人
和所有以梦为马的诗人一样
我不得不和烈士和小丑走在同一道路上

万人都要将火熄灭　我一人独将此火高高举起
此火为大　开花落英于神圣的祖国
和所有以梦为马的诗人一样
我借此火得度一生的茫茫黑夜

此火为大　祖国的语言和乱石投筑的梁山城寨
以梦为上的敦煌——那七月也会寒冷的骨骼
如白雪的柴和坚硬的条条白雪　横放在众神之山
和所有以梦为马的诗人一样
我投入此火　这三者是囚禁我的灯盏　吐出光辉

万人都要从我刀口走过　去建筑祖国的语言
我甘愿一切从头开始
和所有以梦为马的诗人一样
我也愿将牢底坐穿

众神创造物中只有我最易朽　带着不可抗拒的死亡的速度
只有粮食是我的珍爱　我将她紧紧抱住　抱住她　在故乡生儿育女
和所有以梦为马的诗人一样
我也愿自己埋葬在四周高高的山上　守望平静家园

面对大河我无限惭愧
我年华虚度　空有一身疲倦
和所有以梦为马的诗人一样
岁月易逝　一滴不剩　水滴中有一匹马儿一命归天

千年后如若我再生于祖国的河岸
千年后我再次拥有中国的稻田　和周天子的雪山
　天马踢踏

和所有以梦为马的诗人一样
我选择永恒的事业

我的事业　就是要成为太阳的一生
他从古到今——“日”——他无比辉煌无比光明
和所有以梦为马的诗人一样
最后我被黄昏的众神抬入不朽的太阳

太阳是我的名字
太阳是我的一生
太阳的山顶埋葬　诗歌的尸体——千年王国和我
骑着五千年凤凰和名字叫“马”的龙——我必将失败
但诗歌本身以太阳必将胜利

秋天的祖国

——致毛泽东，他说“一万年太久”。

一万次秋天的河流拉着头颅　犁过烈火燎烈的城邦
心还张开着春天的欲望滋生的每一道伤口

秋雷隐隐　圣火燎烈
神秘的春天之火化为灰烬落在我们的脚旁

携带一只头盖骨嗑嗑作响的囚徒
让我把他的头盖制成一只金色的号角　在秋天吹响

他称我为青春的诗人　爱与死的诗人
他要我在金角吹响的秋天走遍祖国和异邦

从新疆到云南　坐上十万座大山
秋天　如此遥远的群狮　相会在飞翔中

飞翔的祖国的群狮　携带着我走遍圣火燎烈的城邦
如今是秋风阵阵　吹在我暮色苍茫的嘴唇上

土地表层　那温暖的信风和血滋生的种种欲望
如今全要化为尸首和肥料　金角吹响
如今只有他　宽恕一度喧嚣的众生
把春天和夏天的血痕从嘴唇上抹掉
大地似乎苦难而丰盛

眺望北方

我在海边为什么却想到了你
不幸而美丽的人　我的命运
想起你　我在岩石上凿出窗户
眺望光明的七星
眺望北方和北方的七位女儿
在七月的大海上闪烁流火

为什么我用斧头饮水　饮血如水
却用火热的嘴唇来眺望
用头颅上鲜红的嘴唇眺望北方
也许是因为双目失明

那么我就是一个盲目的诗人
在七月的最早几天
想起你　我今夜跑尽这空无一人的街道
明天，明天起来后我要重新做人

我要成为宇宙的孩子　世纪的孩子
挥霍我自己的青春
然后放弃爱情的王位
　　去做铁石心肠的船长

走遍一座座喧闹的都市
　　我很难梦见什么
除了那第一个七月，永远的七月
七月是黄金的季节啊
当穷苦的人在渔港里领取工钱
我的七月萦绕着我，像那条爱我的孤单的蛇
——她将在痛楚苦涩的海水里度过一生

夜色

在夜色中
我有三次受难：流浪、爱情、生存
我有三种幸福：诗歌、王位、太阳

星

我死于语言和诉说的旷野
是的，这些我全都听见了。虽然

草原神秘异常
秋天，美丽处女是竖起风暴的花纹

虽说一个断臂的人
不能用手
却可以用牙齿
和嘴唇　打开我的诗集——
那是在大火中
那就是星

是——他是你们的哥哥。
诗人高喊
带火者，上山来！

牵着骆驼

的鬼魂

出现在黄昏

星

我是多么爱你

不爱那些鬼魂

跳伞塔

我在一个北方的寂寞的上午
一个北方的上午
思念着一个人

我是一些诗歌草稿
你是一首诗

我想抱着满山火红的杜鹃花
走入静静的跳伞塔

我清楚地意识到
前面就是一条大河
和一个广大的北方平原

美丽总是使我沉醉

已经有人
开始照耀我
在那偏僻拥挤的小月台上
你像星星照耀我的路程

在这座山上
为什么我只看见这么一棵
美丽的杜鹃？

我只看见过这么一棵
果然火红而美丽

我在这个夜晚
我住在山腰
房子里
我的面前充满了泉水
或溪涧之水的声音

静静的跳伞塔
心醉的屋子　你打开门
让我永远在这幸福的门中

北方　那片起伏的山峰
远远的
只有九棵树

太阳和野花

——给 AP

太阳是他自己的头
野花是她自己的诗

我对你说
你的母亲不像我的母亲

在月光照耀下
你的母亲是樱桃
我的母亲是血泪

我对天空说
月亮，她是你篮子里纯洁的露水
太阳，我是你场院上发疯的钢铁

太阳是他自己的头

野花是她自己的诗
在一株老榆树底下
平原上
流过我的骨头
在猎人夫妻的眼中　在山地
那自由的尸首
淌向何方

两位母亲在不同的地方梦着我
两位女儿在不同的地方变成了母亲
当田野还有百合，天空还有鸟群
当你还有一张大弓、满袋好箭
该忘记的早就忘记
该留下的永远留下

太阳是他自己的头
野花是她自己的诗

总是有寂寞的日子
总是有痛苦的日子

总是有孤独的日子
总是有幸福的日子
然后再度孤独

是谁这么告诉过你：
答应我
忍住你的痛苦
不发一言
穿过整座城市
远远地走来
去看看他　去看看海子
他可能更加痛苦
他在写一首孤独而绝望的诗歌
　　死亡的诗歌

他写道：
平原上
流过我的骨头
当高原的人　在榆树底下休息
当猎人和众神

或起或坐，时而相视，时而相忘

当牛羊和牛羊在草上

看见一座悬崖上

牧羊人堕下，额角流血

再也救不活他了——

他写道：

平原上

流过我的骨头

这时，你要

去看看他

答应我

忍住你的痛苦

不发一言

穿过整座城市

那个牧羊人
也许会被你救活
你们还可以成亲
在一对大红蜡烛下
这时他就变成了我

我会在我自己的胸脯找到一切幸福
红色荷包、羊角、蜂巢、嘴唇
和一对白羊儿般的乳房

我会给你念诗：
太阳是他自己的头
野花是她自己的诗

到那时　到那一夜
也可以换句话说：
太阳是野花的头
野花是太阳的诗
他们只有一颗心
他们只有一颗心

在一个阿拉伯沙漠的村镇上

镇子

而今我一无是处
坐在镇子的一头
这是一个不守诺言的时刻
头巾上星光璀璨
阿拉伯沙漠的村镇已是茫茫黄昏
东面一万里是大海
西边一万里是雪山

镇子

三月过去了
四月过去了
上一个秋天的谈话过去了
请在这个日子光临做我的客人

镇子上——天刚蒙蒙亮
草原上——夜的马很大
少言寡语，见一面，短一日

镇子

你坐在
小山坡上
你坐在小山坡上
一个人住在旧粮仓里写诗
又是生日。一匹
多年的
马
飞来了
一匹多年的
旧布包不好伤口

镇子

点亮一根蜡烛
我们死后相聚在湖上

宛如生前。“俄狄普斯——烛光也曾照你杀父娶母。”
烛火静静叫喊
绿汪汪的水静静叫喊
看见草原和女人的一位盲人
——在烛火静静叫喊

镇子

生日中
你像一位美丽的
女俘虏
坐在故乡的
打麦场上

夜深在村庄摸门
我的什么
遗忘在山上

浪子　你怎么了　你打算用什么办法
将那水中明月

戴在头上

暮色中的马头
斜靠在小镇上

姐妹们早已睡下
打谷场上　空无一人
空无一人

天亮
守夜人
走到神秘的村子

宛如生前。“俄狄普斯——烛光也曾照你杀父娶母。”
烛火静静叫喊
绿汪汪的水静静叫喊
看见草原和女人的一位盲人
——在烛火静静叫喊

镇子

生日中
你像一位美丽的
女俘虏
坐在故乡的
打麦场上

夜深在村庄摸门
我的什么
遗忘在山上

浪子　你怎么了　你打算用什么办法
将那水中明月

戴在头上

暮色中的马头
斜靠在小镇上

姐妹们早已睡下
打谷场上　空无一人
空无一人

天亮
守夜人
走到神秘的村子

七百年前

七百年前辉煌的王城今天是一座肮脏的小镇
当年我打马进城　手提一袋青稞
当年我用一袋青稞换取十八颗人头
还有九颗，葬在城中，下落不明

在山洞里十二只野兽梦想变成老鹰，齐声哀鸣
这是山顶上最后的山洞梦想着天空
突然有一种感觉，好像还是在又饥又饿地走在路上
在幽暗中我写下我的教义，世界又变得明亮

西藏

西藏，一块孤独的石头坐满整个天空
没有任何夜晚能使我沉睡
没有任何黎明能使我醒来

一块孤独的石头坐满整个天空
他说：在这一千年里我只热爱我自己

一块孤独的石头坐满整个天空
没有任何泪水使我变成花朵
没有任何国王使我变成王座

雪

千辛万苦回到故乡
我的骨骼雪白　也长不出青稞

雪山，我的草原因你的乳房而明亮
冰冷而灿烂

我的病已好
雪的日子　我只想到雪中去死
我的头顶放出光芒

有时我背靠草原
马头作琴　马尾为弦
戴上喜马拉雅　这烈火的王冠

有时我退回盆地，背靠成都
人们无所事事，我也无所事事，
只有爱情　剑　马的四蹄

割下嘴唇放在火上
大雪飘飘
不见昔日肮脏的山头
都被雪白的乳房拥抱

深夜中　火王子　独自吃着石头　独自饮酒

日记

姐姐，今夜我在德令哈，夜色笼罩
姐姐，我今夜只有戈壁

草原尽头我两手空空
悲痛时握不住一颗泪滴
姐姐，今夜我在德令哈
这是雨水中一座荒凉的城

除了那些路过的和居住的
德令哈……今夜
这是唯一的，最后的，抒情。
这是唯一的，最后的，草原。

我把石头还给石头
让胜利的胜利
今夜青稞只属于她自己

一切都在生长

今夜我只有美丽的戈壁　空空

姐姐，今夜我不关心人类，我只想你

无名的野花

看不见你，十六岁的你
看不见无名的，芳香的
正在开花的你。

看不见提着鞋子　在雨中
走在大草原上的
恍惚的女神

看不见你，小小的年纪
一身红色地走在
空荡荡的风中

来到我身边，
你已经成熟，
你的头发垂下像黑夜。
我是黑夜中孤独的僧侣
埋下种子在石窟中，
我将这九盏灯
嵌入我的肋骨。

无论是白色的还是绿色的
起自天堂或地府的
青海湖上的大风
吹开了紫色血液
开上我的头颅，
我何时成了这一朵
无名的野花？

花儿为什么这样红

透过泪水看见马车上堆满了鲜花。

豹子和鸟，惊慌地倒下，像一滴泪水
——透过泪水看见
马车上堆满了鲜花。

风，你四面八方
多少绿色的头发，多少姐妹
挂满了雨雪。

坐在夜王为我铺草的马车中。

黑夜，你就是这巨大的歌唱的车辆
围住了中间
说话的火。

一夜之间，草原如此深厚，如此神秘，如此遥远
我断送了自己的一生
在北方悲伤的黄昏的原野。

遥远的路程

——十四行献给 89 年初的雪

我的灯和酒坛上落满灰尘
而遥远的路程上却干干净净
我站在元月七日的大雪中，还是四年以前的我
我站在这里，落满了灰尘，四年多像一天，没有变动
大雪使屋子内部更暗，待到明日天晴
阳光下的大雪刺痛人的眼睛，这是雪地，使人羞愧
一双寂寞的黑眼睛多想大雪一直下到他内部

雪地上树是黑暗的，黑暗得像平常天空飞过的鸟群
那时候你是愉快的，忧伤的，混沌的
大雪今日为我而下，映照我的肮脏
我就是一把空空的铁锹
铁锹空得连灰尘也没有
大雪一直纷纷扬扬
远方就是这样的，就是我站立的地方

遥远的路程

雨水中出现了平原上的麦子
这些雨水中的景色有些陌生
天已黑了，下着雨
我坐在水上给你写信

面朝大海，春暖花开

从明天起，做一个幸福的人
喂马，劈柴，周游世界
从明天起，关心粮食和蔬菜
我有一所房子，面朝大海，春暖花开

从明天起，和每一个亲人通信
告诉他们我的幸福
那幸福的闪电告诉我的
我将告诉每一个人

给每一条河每一座山取一个温暖的名字
陌生人，我也为你祝福
愿你有一个灿烂的前程
愿你有情人终成眷属
愿你在尘世获得幸福
我只愿面朝大海，春暖花开

四姐妹

荒凉的山冈上站着四姐妹
所有的风只向她们吹
所有的日子都为她们破碎

空气中的一棵麦子
高举到我的头顶
我身在这荒芜的山冈
怀念我空空的房间，落满灰尘

我爱过的这糊涂的四姐妹啊
光芒四射的四姐妹
夜里我头枕卷册和神州
想起蓝色远方的四姐妹
我爱过的这糊涂的四姐妹啊
像爱着我亲手写下的四首诗
我的美丽的结伴而行的四姐妹

比命运女神还要多出一个
赶着美丽苍白的奶牛　走向月亮形的山峰

到了二月，你是从哪里来的
天上滚过春天的雷，你是从哪里来的
不和陌生人一起来
不和运货马车一起来
不和鸟群一起来

四姐妹抱着这一棵
一棵空气中的麦子
抱着昨天的大雪，今天的雨水
明日的粮食与灰烬
这是绝望的麦子
请告诉四姐妹：这是绝望的麦子
永远是这样
风后面是风
天空上面是天空
道路前面还是道路

酒杯

你的泪水为我洗去尘土和孤独
你的泪水为我在飞机场周围的稻谷间珍藏
酒杯，你这石头的少女，你这石头的牢房，石头的伞

酒，石头的牢房囚禁又释放的满天奔腾的闪电
昨天一夜明亮的闪电使我的杯子又满又空
看哪！河水带来的泥沙堆起孤独的房屋

看哪！你的房子小得像一只酒杯
你的房子小得像一把石头的伞

多云的天空下　潮湿的风吹干的道路
你找不到我，你就是找不到我，你怎么也找不到我
在昔日山坡的羊群中

酒杯，你是一间又破又黑的旧教室
淹没在一片海水

春天

春天的时刻上登天空
舔着十指上的鲜血
春天空空荡荡
培养欲望　鼓吹死亡

风是这样大
尘土这样强暴
再也不愿从事埋葬
多少头颅破土而出

春天，残酷的春天
每一只手，每一位神
都鲜血淋淋
撕裂了大地胸膛

太阳啊

你那愚蠢的儿子呢
他去了何方
天空如此辽阔

烧死在悲痛的表面
大海啊
这阳光闪烁
的悲痛表面

秋天的儿子
他去了何方
千秋万代中那唯一的儿子
去了何方？

女儿内心充满仇恨和寒冷
想念你，爱着你，但看不见你
她没有你就像天空没有边缘
天空空空荡荡，一派生机
我们无可奈何
我们无法生活在悲痛的中心

天空上的光明

你照亮我们

给我们温暖的生命

但我们不是为你而活着

我们活着只为了自我

也只有短暂的一个春天的早晨

愿你将我宽恕

愿你在这原始的中心安宁而幸福地居住

你坐在太阳中央把斧子越磨越亮，放着光明

愿你在一个宁静的早晨将我宽恕

将我收起在一个光明的中心

愿我在这个宁静的早晨随你而去

忘却所有的诗歌

我会在中心安宁地居住，就像你一样

把他的斧子越磨越亮，吃，劳动，舞蹈

沉浸于太阳的光明

在羊群踩出的道上是羊群的灵魂蜂拥而过

在豹子踩出的道上是豹子的灵魂蜂拥而过

哪儿有我们人类的通道
有着锐利感觉的斧子
像光芒　扎我胸口
越磨越亮

太阳的波浪
隐隐作痛
我进入太阳
粗糙而光明

那前一个夜晚
人类携带妻子
疯狂奔跑四散
这是春天
这是最后的春天
他们去了何方？

天空辽阔
低垂黄昏
人类破碎
我内心混沌一片
我面对着春天
我就是她的鲜血和黑暗

我内心浑浊而宁静
我在这里粗糙而光明
大地啊
你过去埋葬了我
今天又使我复活

和春天一起

沉默在我内部

天空之火在我内部

吹向旷野

旷野自己照亮

在最后的时刻　海底

在最后的黎明之前　他们去了何方？

拂晓

苍茫的拂晓，黎明
穿上你好久没穿的旧裙子，跟我走
夜的女儿，朝霞的姐妹，黎明
穿过这些山峰，坐落
在这些粗笨的远方和近处
穿过大地的头颅
和河畔这些无人问津的稀疏的荒草
跟我走吧，黎明

你是太阳之火顶端
青色的烟飘渺不定
你就是深夜里刚刚消失又骤然升起的歌声
你穿着一件昨夜弄脏的衣裙走向今天
你嘴里叼着光芒和刀子，披散下的头发遮住
　　眼睛、乳房和面容

提着包袱，渡过肮脏的日子，跟我走吧
这鲜血的包袱一路喧闹
一路喧闹，不得安宁
带上你褐色的地母的乳房跟我走吧
哪怕包袱里只有地瓜，乳房里只有水土
悄悄沿着这原始的大地走去
肮脏的大河在尽头猛然将我们推向海洋

苍茫的拂晓，原始的女人
原始的日子中原始的母亲
陌生的妻子披着鱼皮
在海上遨游着产籽的女儿

敲打着船壳　海洋的埋葬
　　太平洋上没有一口钟和一棵梅树
　　没有一枝梅花在太平洋上开放
　　只有镇子中央
　　废弃不用的土和石头
　　堆成的荒凉山坡

跟我走吧，黎明
所有的你都是同一个你
　　我难以分辨
　　谁是你　谁是真正的你
　　谁又再一次是你
　　绝望的只是你
　　永不离开的你
　　不在天地间消失

所有的你都默默包扎着死去的你
年老丑陋的女王，这黑夜内部无穷无尽的母亲女王
我早就说过，断头流血的是太阳
所有的你都默默流向同一个方向
断头台是山脉全部的地方
跟我走吧，抛掷头颅，洒尽热血，黎明
新的一天正在来临

春天，十个海子

春天，十个海子全部复活
在光明的景色中
嘲笑这一个野蛮而悲伤的海子
你这么长久地沉睡究竟为了什么？

春天，十个海子低低地怒吼
围着你和我跳舞，唱歌
扯乱你的黑头发，骑上你飞奔而去，尘土飞扬
你被劈开的疼痛在大地弥漫

在春天，野蛮而悲伤的海子
就剩下这一个，最后一个
这是一个黑夜的孩子，沉浸于冬天，倾心死亡
不能自拔，热爱着空虚而寒冷的乡村

那里的谷物高高堆起，遮住了窗户
它们把一半用于一家六口人的嘴，吃和胃
一半用于农业，他们自己的繁殖
大风从东刮到西，从北刮到南，无视黑夜和黎明
你所说的曙光究竟是什么意思

黑夜的献诗

——献给黑夜的女儿

黑夜从大地上升起
遮住了光明的天空
丰收后荒凉的大地
黑夜从你内部上升

你从远方来，我到远方去
遥远的路程经过这里
天空一无所有
为何给我安慰

丰收之后荒凉的大地
人们取走了一年的收成
取走了粮食骑走了马
留在地里的人，埋得很深

草杈闪闪发亮，稻草堆在火上
稻谷堆在黑暗的谷仓
谷仓中太黑暗，太寂静，太丰收
也太荒凉，我在丰收中看到了阎王的眼睛

黑雨滴一样的鸟群
从黄昏飞入黑夜
黑夜一无所有
为何给我安慰

走在路上
放声歌唱
大风刮过山岗
上面是无边的天空

献给太平洋

我的婚礼染红太平洋
我的新娘是太平洋
连亚洲也是我悲伤而平静的新娘
你自己的血染红你内部孤独的天空

上帝悲伤的新娘，你自己的血染红
天空，你内部孤独的海洋
你美丽的头发
像太平洋的黄昏

海子（1964—1989）

诗人

“我的诗歌理想是在中国成就一种伟大的集体的诗。我不想成为一名抒情诗人，或一位戏剧诗人，甚至不想成为一名史诗诗人。我只想融合中国的行动，成就一种民族和人类的结合，诗和真理合一的大诗。”